हत्यारा कौन ?

एम तसलीम

XpressPublishing
An imprint of Notion Press

XpressPublishing
An imprint of Notion Press

No.8, 3rd Cross Street, CIT Colony,
Mylapore, Chennai, Tamil Nadu-600004

Copyright © M Tasleem
All Rights Reserved.

ISBN 978-1-63633-942-9

This book has been published with all efforts taken to make the material error-free after the consent of the author. However, the author and the publisher do not assume and hereby disclaim any liability to any party for any loss, damage, or disruption caused by errors or omissions, whether such errors or omissions result from negligence, accident, or any other cause.

While every effort has been made to avoid any mistake or omission, this publication is being sold on the condition and understanding that neither the author nor the publishers or printers would be liable in any manner to any person by reason of any mistake or omission in this publication or for any action taken or omitted to be taken or advice rendered or accepted on the basis of this work. For any defect in printing or binding the publishers will be liable only to replace the defective copy by another copy of this work then available.

यह किताब समर्पित है

उन लोगों को जिन्होंने इस समय को भोगा है

क्रम-सूची

भूमिका	vii
आमुख	xi
घोषणा	xv
विषय सूची	xvii
1. अध्याय–1	1
2. अध्याय– 2	10
3. अध्याय– 3	12
4. अध्याय– 4	14
5. अध्याय– 5	16
6. अध्याय– 6	18
7. अध्याय– 7	20
8. अध्याय– 8	24
9. अध्याय– 9	27
10. अध्याय– 10	28
11. अध्याय– 11	30
12. अध्याय– 12	31
13. अध्याय– 13	33
14. अध्याय– 14	36
15. अध्याय– 15	38
16. लेखक परिचय	40

• v •

भूमिका

वो बेहद सुन्दर हँसमुख ज़िंदादिल चुलबुली थी।

उसकी शादी छ महीने पहले हुई थी।

वो ज़िंदा रहना चाहती थी।

एक दिन किसी शैतान ने उसका अपहरण कर लिया।

एक दिन उसने आत्महत्या कर लिया।

किस शैतान ने उसे ऐसा करने पर मजबूर किया?

क्या वो शैतान कभी पकड़ा जाएग?

क्या उस शैतान को कभी सज़ा मिलेगी?

यहां यह एक आम बात है जेल में रहने वाले या गुंडागर्दी में मशहूर अपहरण, फिरौती, डकैती, रेप जैसे मामले में संलिप्त होने वाले सामाजिक कार्यकर्ता को ही अधिकतर पार्टी टिकट देती है क्योंकि ऐसे ही नामी गरामी लोग बड़ी आसानी से एलेक्शन जीत जाते हैं।

पार्टी जब तक सत्ता में नहीं आएगी, तब तक गरीबों की भलाई, देश और राज्य का विकास कैसे करेगी। सब का साथ सब का विकास तभी सम्भव है। बिना सत्ता के यह सब सम्भव नहीं है।

यहां यह जानना अत्यंत आवश्यक होगा कि इस देश पर अंग्रेजों ने अपना राज काज चलाने के लिए जो सिसटम बनाया था, वही आजादी के सत्तर साल बाद भी लागू है। आज भी जिलाधिकारी कलेक्टर कहलाता है। आज भी जिला के सभी लोग उसके रैयत होते है। आज भी पुलिस नेताओं की रक्षक होती है। आज भी स्कूल और कालेजों में वही ब्रिटिश काल के ढंग से पढाई होती है।

समाज सेवा से लबरेज लोग देश चलाते हैं, जो अकसर कानून से उपर होते है। यहां नेता भगवान से भी अधिक न्यायप्रिय होता है। इन्हीं के हाथ में सब कुछ होता है। ये जान बूझ कर कभी कुछ गलत कर ही नहीं सकते हैं। वैसे कुछ गलती हो भी जाए तो क्या करेंगे आखिर मनुष्य ही तो हैं। वैसे ये समाज सेवा से लबरेज होते है। इनके न्याय प्रिय मित्र हर जगह होते हैं। इनसे रोड टैक्स मांगने वाले गरीब कर्मचारी को ये और

इनके चेले चाटी घसीट घसीट कर पीटते हैं। कैमरे में कैद इन दृश्यों को देख कर इनके आका इनके विरूध इनक्वाएरी करा के सख्त कॉरवाइ की बात कह देते हैं, इसी बात से सब खुश हो जाते हैं।

कहीं कहीं तो इनके छुटभैये नेता और उनके चेले चाटी पुलिस वालों को भी पीट देते हैं। इनके किसी छुटबैये नेता को पुलिस पकड़ लेती है तो बस पुलिस वाले की शामत है। ये अपने दल बल के साथ आकर उन्हें छुड़ा ले जाते है। उनके अपने राज में इतनी आजादी तो बनती ही है। खैर ये सब तो चलता है। वैसे हर स्तर पर आम जनता की सेवा के लिए जनता दरबार लगा कर तुरंत समाधान का आदेश अपने सरकारी अधिकारियों को इन्होंने दे रखा है। इन सरकारी अधिकारियों को लोग यहां हाकिम या माई बाप भी कहते है। वैसे इन्हें हजूर कहलाना बहुत पसंद है।

आखिर पानी में रह कर मगरमछ से बैर करना बेवकूफी ही कहलाएगा। वैसे भी अधिकांश सरकारी अधिकारी इस बात पर ही विश्वास करते हैं। यहां यह जान लेना बेहतर होगा कि ईमानदारी से जो घूस का पैसा बनता है उसे ईमानदारी से लेने वाले अफसर अपने को ड्राय ओनेस्ट समझते हैं, ठीक वैसे ही जैसे एमएलए एमपी निधि से कराए गए काम में अपना दस प्रतिशत कमीशन लेने वाले नेता घोर ईमानदार कहलाते हैं।

यहां यह जानना बहुत जरूरी होगा कि जनता के सेवक होने वाले डीएम साहब जिला के मालिक होते हैं। राज्य के सबसे बड़े जनता के सेवक जिन्हें हम सभी चीफ मिनिस्टर साहब कहते हैं, डीएम साहब उनके खास होते हैं और जिला के हर विभाग के काम को देखते हैं। एक प्रकार से सरकार ही होते हैं। इनका ठाठ अंग्रेज के जमाने के लाट साहब से कम नहीं होता है। इनके घर की पहरेदारी में ढेरों पुलिस वाले लगे रहते हैं। इनका का राशन पानी फर्नीचर इत्यादि सब सरकारी पैसे से चलता है। इनके तनख्वाह से एक पैसा इनके घर खर्च में नहीं लगता है। यह जब ऑफिस को जाते हैं तब भी लाल बत्ती की गाड़ी और आगे पीछे स्टेनगन वाले पुलिस की गाड़ी चलती है। कानून इनकी मर्जी होती है।

डीएम साहब सब विषयों में अपने को काबिल मानते हैं। आप कालेज से किसी विषय में डाक्ट्रेट हो सकते हैं पर आपको यह मानना

भूमिका

पड़ेगा कि जो इन्होंने कह दिया वही उस विषय की अंतिम बात है। ये अपने सामने किसी को कुछ नहीं समझते हैं और मानें भी भला क्यों, जिला के सारे लोग इनके रैयत जो होते हैं। इनसे आम लोगों का मिलना असम्भव है। इसीलिए पब्लिक सरवेंट का चोगा पहने यह लाट साहब महीने में एक बार जनता दरबार लगा कर अपने व्यस्त समय का कुछ हिस्सा अपने आम रैयत को भी देते हैं। इसी बहाने इनके आका के चमचे अपनी दुकानदारी चलाते हैं। इस में भी पचीस छब्बीस साल के लाट साहब के बारे में तो कुछ कहना ही बेकार है। लोग किसी किसी के लिए कहते हैं न कि फ्लां आग मूतता है। शायद यह कहावत इन्हीं पर फिट होता है। इन्हें नीरज चौधरी अभी देखते तो न जाने क्या लिखते जिन्होंने ने लिखा था अंग्रेज चले गए व्हाइट साहब के जगह ब्राउन साहब आ गए जो हर लिहाज में उनसे...

यह ईमानदारी की मूरत होते हैं। सारे लोग इनकी ईमानदारी की कसम खाते हैं। न जाने क्यों इस देश के एक प्रधानमंत्री ने कहा था आम लोगों तक एक रुपया का सोलह पैसा ही पहुंचता है। शायद....

तसलीम

आमुख

इंसान जंगल में रहता था । जंगली जानवर का शिकार करता था । जिसकी लाठी उसकी भैंस ही कानून था । धीरे धीरे इंसान खुद से खुद लिए क़ानून बना कर सभ्य बन गया पर उसके अंदर का जानवर सदा उसमें छुपा रहता है ।

समय समय पर लोग आते रहे और इन्हें प्रेम दया करूणा का पाठ पढ़ाते रहे । पर ये इंसान इनको भी अपने गरोह में बाँटता रहा है

इनके अन्दर का जानवर जिंदा रहा । इनके अन्दर छुपा बैठा रहा ।

सदियों से कोई न कोई इनके अन्दर के शैतान का इस्तेमाल कर ऐश की ज़िन्दगी जीता रहा है । यही तो असली खेल है । पढ़े लिखे गुलामी करते हैं । आम इंसान के अंदर का जानवर आपस में लड़ते झगड़ते रहते हैं । जूठी रोटी खाते हैं सीना तानकर चलते हैं । इनके आका रोज़ इनके लिए नयी नयी कहानियां गढ़ते हैं । इनके अंडर का जानवर जिंदा रहता है ।

वो बेहद सुन्दर हँसमुख ज़िंदादिल चुलबुली थी।
उसकी शादी छ महीने पहले हुई थी।
वो ज़िंदा रहना चाहती थी।
एक दिन किसी शैतान ने उसका अपहरण कर लिया।
एक दिन उसने आत्महत्या कर लिया।
किस शैतान ने उसे ऐसा करने पर मजबूर किया?
क्या वो शैतान कभी पकड़ा जाएग?
क्या उस शैतान को कभी सज़ा मिलेगी?
ये खेल सदा चलता रहेगा ।

हत्यारा कौन?
एम तसलीम
NOTION PRESS

NOTION PRESS
India. Singapore. Malaysia.
ISBN xxx-x-xxxxx-xx-x

This book has been published with all reasonable efforts taken to make the material error-free after the consent of the author. No part of this book shall be used, reproduced in any manner whatsoever without written permission from the author, except in the case of brief quotations embodied in critical articles and reviews.

The Author of this book is solely responsible and liable for its content including but not limited to the views, representations, descriptions, statements, information, opinions and references ["Content"]. The Content of this book shall not constitute or be construed or deemed to reflect the opinion or expression of the Publisher or Editor. Neither the Publisher nor Editor endorse or approve the Content of this book or guarantee the reliability, accuracy or completeness of the Content published herein and do not make any representations or warranties of any kind, express or implied, including but not limited to the implied warranties of merchantability, fitness for a particular purpose. The Publisher and Editor shall not be liable whatsoever for any errors, omissions, whether such errors or omissions result from negligence, accident, or any other cause or claims for loss or damages of any kind, including without limitation, indirect or consequential loss or damage arising out of use, inability to use, or about the reliability, accuracy or sufficiency of the information contained in this book.

घोषणा

इस किताब के सारे पात्र काल्पनिक हैं। उन पात्रों का किसी व्यक्ति या घटना से कोई संबंध नहीं है। ये कहानी काल्पनिक है। इस से किसी प्रकार का संबंध मात्र संयोग ही होगा।

विषय सूची

भूमिका
    आमुख
    अध्याय - 1
    अध्याय - 2
    अध्याय - 3
    अध्याय - 4
    अध्याय - 5
    अध्याय - 6
    अध्याय – 7
    अध्याय – 8
    अध्याय – 9
    अध्याय – 10
    अध्याय – 11
    अध्याय – 12
    अध्याय – 13
    अध्याय – 14
    अध्याय – 15
    लेखक परिचय

1
अध्याय-1

राम नरेश राय जी सरपंच हैं। मुखिया राम अवतार सिंह जी इनके परम मित्र हैं। इस बार के एलेक्शन में राम अवतार जी भारी बहुमत से जीते है। अधिकतर लोग यह मानते हैं कि इस बार सारे लोग अपनी दबंगई के कारण एलेक्शन जीते हैं। पर यह बात बिलकुल सत्य नहीं है। इस का मुख्य कारण है, उनके पार्टी का नारा " सब हाथ को काम सब का विकास" और " गरीबी मिटाएंगे नया देश बनाएंगे "

राम अवतार जी ने जेल से ही पर्चा भरा और राम नरेश राय जो कि राम अवतार जी के दाहिने हाथ माने जाते हैं, उनके और उनके गुर्गों की मदद से एलेक्शन जीत गए।

यहां यह एक आम बात है जेल में रहने वाले या गुंडागर्दी में मशहूर अपहरण, फिरौती, डकैती, रेप जैसे मामले में संलिप्त होने वाले सामाजिक कार्यकर्ता को ही अधिकतर पार्टी टिकट देती है क्योंकि ऐसे ही नामी गरामी लोग बड़ी आसानी से एलेक्शन जीत जाते हैं।

पार्टी जब तक सत्ता में नहीं आएगी, तब तक गरीबों की भलाई, देश और राज्य का विकास कैसे करेगी। सब का साथ सब का विकास तभी सम्भव है। बिना सत्ता के यह सब सम्भव नहीं है।

राय जी एक सच्चे सामाजिक कार्यकर्ता हैं। हमेशा दूसरों की मदद के लिए तत्पर रहते हैं। राय जी और सिंह जी स्कूल के दिनों से ही देश के सबसे बड़े सामाजिक संगठन से जुड़े हैं। इसी कारण वे स्कूल की पढ़ाई

पूरी नहीं कर सके। संगठन के काम में लग गए और धीरे धीरे पार्टी के काम में लग गए। उन्होंने गौ रक्षा का बीड़ा भी उठा लिया। इन बातों को लेकर और दंगा भड़काने, लूट पाट, ऐसे काम को लेकर उन दोनों पर बहुत सारे केस हुए पर इन सब बातों से उनका मनोबल बढ़ा ही, घटा नहीं। वैसे भी मन में समाज सेवा का भाव हो तो इंसान झुकता कहां है और फिर बड़े बडे. लोगों का सर पर हाथ हो तो डर किस बात का। वैसे भी अब तो इनके सामने अच्छे अच्छों की पैंट गीली हो जाती है। सारा इलाका इन्हें जानता और मानता है। आज मुखिया और सरपंच हैं कल ये मंत्री होंगे। ये बात सभी लोग भली भंती जानते हैं। और इनके सेवा भाव को देख कर लगता है कि इन्हें मंत्री बनना ही चाहिए।

वैसे भी परसाई जी के जमाने के अधिकतर मामा परलोक सिधार गए हैं, अगर जो थोड़े से बचे हैं, वे आंखों में सपने सजाए जी रहे हैं। मुन्ना भी अब बड़ा हो गया है। उसने भी नया नया तिकड़म सीख लिया हैं। अब उसने मामा के कपड़े ले कर भागने का आदत छोड़ दिया है। अब तो वो मामा के पैंट उतारने में माहिर हो गया है। अब तो उसने धर्म, जाति इत्यादि के नाम पर दंगा फसाद करवाने वालों की एक बड़ी सी फौज खड़ी कर ली है। राय जैसे लोग ही तो मुन्ना के सामाजिक कार्यकर्ता हैं। मुन्ना अब मामा को सपने दिखाने में माहिर हो गया है।

राय जी के घर के सामने दिलीप सादा रहता है। सादा का परिवार बहुत छोटा सा है। परिवार में सादा, सादा की पत्नी और एक बेटा है जो स्कूल टीचर है। तीन महीने पहले ही सादा के बेटा की शादी हुई थी। घर में रेखा सादा बहू बन कर आई है।

रेखा अत्यंत सुन्दर, पढी लिखी, हंसमुख मृदुभाषी है। न जाने कैसे और क्योंकर एक दिन लाल साडी में रेखा राय जी के सीने में आग लगा गई। राय जी अब सोते जागते बस रेखा के सपने देखते रहते हैं। सोचते रहते है कैसे यह प्यास बुझेगी। आखिर राय जी ने बहुत सोच विचार कर अपने मित्र और गुरु मुखिया जी से इस गंभीर विषय पर परामर्श किया। मुखिया जी से बात कर के और गहन सोच विचार के बाद यह निर्णय लिया कि अगले दिन ब्लाक आफिसर के जनता दरबार में इस गम्भीर समस्या के लिए दरखास्त डाल दिया जाए।

यहां यह जानना अत्यंत आवश्यक होगा कि इस देश पर अंग्रेजों ने अपना राज काज चलाने के लिए जो सिसटम बनाया था, वही आजादी के सत्तर साल बाद भी लागू है। आज भी जिलाधिकारी कलेक्टर कहलाता है। आज भी जिला के सभी लोग उसके रैयत होते है। आज भी पुलिस नेताओं की रक्षक होती है। आज भी स्कूल और कालेजों में वही ब्रिटिश काल के ढंग से पढाई होती है। समाज सेवा से लबरेज लोग देश चलाते हैं, जो अकसर कानून से उपर होते है। यहां नेता भगवान से भी अधिक न्यायप्रिय होता है। इन्हीं के हाथ में सब कुछ होता है। ये जान बूझ कर कभी कुछ गलत कर ही नहीं सकते हैं। वैसे कुछ गलती हो भी जाए तो क्या करेंगे आखिर मनुष्य ही तो हैं। वैसे ये समाज सेवा से लबरेज होते है। इनके न्याय प्रिय मित्र हर जगह होते हैं। इनसे रोड टैक्स मांगने वाले गरीब कर्मचारी को ये और इनके चेले चाटी घसीट घसीट कर पीटते हैं। कैमरे में कैद इन दृश्यों को देख कर इनके आका इनके विरूध इनक्वाएरी करा के सख्त र्कारवाइ की बात कह देते हैं, इसी बात से सब खुश हो जाते हैं।

कहीं कहीं तो इनके छुटभैये नेता और उनके चेले चाटी पुलिस वालों को भी पीट देते हैं। इनके किसी छुटबैये नेता को पुलिस पकड़ लेती है तो बस पुलिस वाले की शामत है। ये अपने दल बल के साथ आकर उन्हें छुड़ा ले जाते है। उनके अपने राज में इतनी आजादी तो बनती ही है। खैर ये सब तो चलता है। वैसे हर स्तर पर आम जनता की सेवा के लिए जनता दरबार लगा कर तुरंत समाधान का आदेश अपने सरकारी अधिकारियों को इन्होंने दे रखा है। इन सरकारी अधिकारियों को लोग यहां हाकिम या माई बाप भी कहते है। वैसे इन्हें हजूर कहलाना बहुत पसंद है।

बुधवार के जनता दरबार में राय जी का फरियाद पढ़ कर ब्लाक अधिकारी बहुत हंसे फिर बोले " राय जी आपका फरियाद बड़ा ही अनोखा है। सामने वाली रेखा को लाल साड़ी में देख कर आप का बीपी बढ़ जाता है। आप को हर्ट अटैक हो सकता है इसलिए हमें फौरन कार्रवाई करते हुए सामने वाली रेखा को आदेश देना चाहिए कि वो लाल साड़ी नहीं पहने और यदि पहने तो अपने घर से बाहर नहीं निकले..हा..हा..हा..हा। आपका फरियाद बड़ा ही मौलिक और अनोखा है। आप ही बताइए ऐसा

कैसे सम्भव है?''

राय जी बोले '' साहब हम आपके इतना पढ़े लिखे तो हैं नहीं। न ही हम आपके इतने बड़े हाकिम हैं पर आप ही सोचिए हम को हर्ट अटैक हो जाएगा तो हमारा बाल बच्चों का क्या होगा। आप से आशा करते है आप कुछ न कुछ उपाए जरूर निकाल लीजिएगा।''

'' आप ही बताइए, राय जी मैं कैसे किसी की पत्नी को लाल साड़ी नहीं पहनने का आदेश दे सकता हूं, सिर्फ इसलिए कि सामने वाले को हर्ट अटैक हो सकता है।'' साहब मजे लेते हुए खिलखिला कर हंसते हुए बोले।

ऑफिस में बैठे और लोग में बैठे पत्रकार ने इस मसालेदार बात में मजा लेते हुए कहा ''राय जी अगर ऐसी बात है, तो एक दिन साहब को दावत पर बुला कर, उस कटीली चीज को अपनी आंखों से देखने का अवसर तो दीजिए। तभी न साहब, सही र्निणय ले पाएंगे।''

''आपने बहुत ही सुन्दर सुझाव दिया है। यही न, एक पढ़े लिखे लोगों में गुण होता है।'' राय जी बोले।

''पर पता कैसे चलेगा आपको कि किस दिन वो महिला लाल साड़ी पहनेगी।'' साहब ने पूछा।

राय जी झट से बोले '' जिस रोज मुझे वो लाल साड़ी में नजर आएगी। मैं आपको लेने आ जाऊंगा।''

''हां, यह ठीक है।'' साहब बोले।

''पर मेरा क्या होगा।'' पत्रकार महोदय बोले।

'' आप अगर यहां रहेंगे तो साथ चल चलिएगा। नहीं तो मैं आपको फोन कर दूंगा। आप आ जाइएगा।'' राय जी ने पत्रकार से कहा।

''हां ये ठीक है।'' पत्रकार बोला।

साहब भी तैयार हो गए।

और राय जी खुशी खुशी अपने घर वापस आ गए।

आखिर वो दिन अगले मंगलवार को ही आ गया। रेखा सादा ने लाल साड़ी पहन रखा था।

राय जी ने साहब को और पत्रकार को बुला लाया। उन दोनों का खूब खातिर किया।

इसी बीच राय जी ने अपनी बेटी जो लगभग सात आठ साल की थी उसे भेज कर रेखा सादा को यह कह कर बुला लिया कि उसकी मम्मी उसे बुला रही है लिया ताकि पत्रकार और साहब रेखा सादा को लाल साड़ी में देख सकें।

साहब ने जब रेखा सादा को देखा तो मन ही मन सोचने लगे ऊपरवाला भी कैसी कैसी मूरत गढ़ता है। इसे देख का किस का इमान न भटक जाए। जालिम क्या चीज है। तभी राय जी ने पूछा ''कैसी लगी।''

''खाना बहुत ही स्वादिष्ट है।'' साहब बोले।

राय जी ने पत्रकार से पूछा ''कैसी लगी।''

पत्रकार सोच रहा था, ऐसी चीज पर तो किसी की नीयत भटक जाए पर बोला ''खाना का क्या कहना। बहुत ही बढ़िया है।''

खाना खाने के बाद जब साहब जाने लगे तो राय जी ने घी दूध और ताजी सब्जी साहब की गाड़ी में रखवा दिया। साहब बोले ''ये सब क्या है राय जी।''

''कुछ नहीं, अपने गौशाला का थोड़ा सा दूध और घी है और अपने खेत की थोड़ी सब्जी है। आप कौन रोज रोज सेवा का मौका देते हैं।'' राय जी बोले।

साहब राय जी की बात सुनकर कुछ बोल नहीं पाए। वैसे यही सब तो साहब होने का रुतबा है।

राय जी ने एक झोला में वही सब कुछ पत्रकार के मोटरसाएकिल पर भी रखवा दिया।

इस तरह राय जी ने अपना काम पूरा किया।

बुधवार को राय जी जब अपनी फरियाद लेकर पहुंचे तो साहब ने उन्हें समझाया कि वे अगर ये आर्डर निकालेंगे तो लोग तरह तरह की बात करेंगे। आपके और हमारे बीच के सम्बधं पर उल जलूल बोलेंगे इसलिए बेहतर होगा कि ये आडर्र एसडीओ साहब के यहां से निकले। कोई कुछ बोल नहीं पाएगा।

राय जी को साहब की बात अच्छी लगी बोले '' साहब यही बात लिखकर मुझे दे दीजिए। मैं इसे एसडीओ साहब के पास ले जाऊंगा।''

ब्लाक आफिसर बोले '' अच्छा तो राय जी मैं एक बात बोलूं।''

" बोलिए साहब । " राय जी बोले

" राय जी आप उधर देखिए ही नहीं। " ब्लाक आफिसर बोले और हंसने लगे ।

पत्रकार भी हंसता हुआ बोला "साहब, ऐसी चीज से नजर कभी हटती है भला।"

और सब ठहाका मार कर हंसने लगे।

" आप भी खूब मजाक करते हैं साहब। जाने दीजिए एसडीओ साहब के पास । " राय जी बोले।

राय जी के बात पर ब्लाक आफिसर इनकार नहीं कर सके। आखिर पानी में रह कर मगरमछ से बैर करना बेवकूफी ही कहलाएगा। वैसे भी अधिकांश सरकारी अधिकारी इस बात पर ही विश्वास करते हैं। यहां यह जान लेना बेहतर होगा कि ईमानदारी से जो घूस का पैसा बनता है उसे ईमानदारी से लेने वाले अफसर अपने को ड्राय ओनेस्ट समझते हैं, ठीक वैसे ही जैसे एमएलए एमपी निधि से कराए गए काम में अपना दस प्रतिशत कमीशन लेने वाले नेता घोर ईमानदार कहलाते हैं। ब्लाक आफिसर ने राय जी के दरखास्त को एसडीओ साहब को बढ़ा दिया।

खैर राय जी अपना दरखास्त एसडीओ साहब के जनता दरबार में ले गए। एसडीओ साहब छोटे लाट साहब होते हैं। उनका रहना खाना सब सरकारी पैसे से होता है। जनता के खून पसीने के पैसे पर ऐश करने वाले यह सब से छोटे अधिकारी होते हैं।

बुधवार के जनता दरबार में राय जी के दरखास्त को खूब चटखारे लेकर पढ़ते हुए एसडीओ साहब बोले " यह क्या बात हूइ राय जी।"

एसडीओ साहब के इस बात पर राय जी के बदले मुखिया जी बोले " इस बात की गहराई को समझिए साहब। एक महिला लाल साड़ी नहीं पहनेगी तो कौन सा अनर्थ हो जाएगा। अगर वो पहनती भी है तो क्या हर्ज है बस पहनकर बाहर नहीं आए। अगर वो लाल साड़ी पहन कर बाहर नहीं आएगी तो कौन सा अनर्थ हो जाएगा। साहब अगर आप लोगों का एक सेवक बीमार हो जाएगा तो आपको अच्छा लगेगा। इलाके को एक कर्मठ समाज सेवक के सेवा से वंचित करना कहां तक सही होगा। आप खुद सोच कर देखिए।" इतना कहकर मुखिया जी वहां बैठे पत्रकार से

बोले " मैं ने कुछ गलत कहा क्या ? आप तो बुध्दीमान हैं।"

पत्रकार की इतनी मजाल कहां जो मुखिया जी की बात के विरोध में कुछ कहे। पत्रकार मुखिया जी के हां में हां मिलाता हुआ बोला " आप की इसी बात का तो पूरा इलाका कायल है। सच कहने से आप झिझकते नहीं है। हमेशा समाज के बारे में सोचते रहते हैं।"

मुखिया जी एसडीओ साहब से बोले " देखिए एक बुध्दीमान भी मेरी बात को समझता है। आप इतने बड़े हाकिम हैं। अब तो आप आर्डर निकाल दीजिए। सोचिए नहीं।"

एसडीओ साहब असमंजस में पर गए। कुछ देर तक सोच कर बोले " बात तो आप सही कह रहे हैं पर अच्छा होगा यह आर्डर कलक्टर साहब के यहां से निकले। आखिर वे जिला के मालिक हैं। मालिक के यहां से आर्डर निकलेगा तो बात में वजन आ जाएगा। आखिर जिला का हर छोटा बड़ा उनका रैयत है।"

मुखिया जी बोले " जैसा आप उचित समझें।"

एसडीओ साहब ने राय जी के दरखास्त को कलक्टर साहब के पास बढ़ा दिया। मुखिया जी बोले " साहब यह दरखास्त मुझे दे दीजिए। साहब के पास मैं स्वयं ले जाऊंगा।"

" यही सही रहेगा।" कहकर एसडीओ साहब ने दरखास्त मुखिया जी को थमा दिया।

यहां यह जानना बहुत जरूरी होगा कि जनता के सेवक होने वाले डीएम साहब जिला के मालिक होते हैं। राज्य के सबसे बड़े जनता के सेवक जिन्हें हम सभी चीफ मिनिस्टर साहब कहते हैं डीएम साहब उनके खास होते हैं और जिला के हर विभाग के काम को देखते हैं। एक प्रकार से वो सरकार ही होते हैं। इनका ठाठ अंग्रेज के जमाने के लाट साहब से कम नहीं होता है। इनके घर की पहरेदारी में ढेरों पुलिस वाले लगे रहते हैं। इनका का राशन पानी फर्नीचर इत्यादि सब सरकारी पैसे से चलता है। इनके तनख्वाह से एक पैसा इनके घर खर्च में नहीं लगता है। यह जब ऑफिस को जाते हैं तब भी लाल बत्ती की गाड़ी और आगे पीछे स्टेनगन वाले पुलिस की गाड़ी चलती है। कानून इनकी मर्जी होती है। यह सब विषयों में अपने को काबिल मानते हैं। आप कालेज से किसी विषय में

डाक्ट्रेट हो सकते हैं पर आपको यह मानना पड़ेगा कि जो इन्होंने कह दिया वही उस विषय की अंतिम बात है। ये अपने सामने किसी को कुछ नहीं समझते हैं और मानें भी भला क्यों जिला के सारे लोग इनके रैयत जो होते हैं। इनसे आम लोगों का मिलना असम्भव है। इसीलिए पब्लिक सरवेंट का चोगा पहने यह लाट साहब महीने में एक बार जनता दरबार लगा कर अपने व्यस्त समय का कुछ हिस्सा अपने आम रैयत को भी देते हैं। इसी बहाने इनके आका के चमचे अपनी दुकानदारी चलाते हैं। इस में भी पचीस छब्बीस साल के लाट साहब के बारे में तो कुछ कहना ही बेकार है। लोग किसी किसी के लिए कहते हैं न कि फ्लां आग मूतता है। शायद यह कहावत इन्हीं पर फिट होता है। इन्हें नीरज चौधरी अभी देखते तो न जाने क्या लिखते जिन्होंने ने लिखा था अंग्रेज चले गए व्हाइट साहब के जगह ब्राउन साहब आ गए जो हर लिहाज में उनसे...

यह ईमानदारी की मूरत होते हैं। सारे लोग इनकी ईमानदारी की कसम खाते हैं। न जाने क्यों इस देश के एक प्रधानमंत्री ने कहा था आम लोगों तक एक रुपया का सोलह पैसा ही पहुंचता है। शायद....

खैर मुखिया जी राय जी के साथ डीएम साहब के जनता दरबार में पहुंचे। कलक्टर साहब ने मुखिया जी को बैठाया और पूछा " कहिए कैसे आना हुआ।"

कलक्टर साहब मुखिया को दो कारणों से जानते थे। एक तो उनके क्रिमनल रिकार्ड की वजह कर और दूसरे उनके मंत्री जी से घनिष्ठ सम्बंध के कारण।

मुखिया जी ने राय जी का दरखास्त उन्हें दे दिया। जिसे बड़ी संजीदगी से पढ़ कर कलक्टर साहब बोले " ऐसा सम्भव नहीं है।"

"कोई तरीका सोचिए साहब आखिर ये एक आदमी के जीवन का सवाल है।"

"नहीं ये सम्भव नहीं है।" कलक्टर साहब ने दो तूक जवाब दिया।

मुखिया जी कागज लेकर बाहर आए। राय जी से बोले "निराश मत हो। अपने राज में ऐसा नहीं होगा तो कब होगा। मंत्री जी के आने का इंतजार करो।"

और दोनों चुपचाप अपने घर के लिए चल पड़े। मुखिया जी ने राय जी से कहा ''चिंता की कोई बात नहीं है। मंत्री जी से जब फटकार लगेगी तो सारी कलक्टरी बाहर निकल जाएगी।''

'' इस कलक्टर का कुछ न कुछ तो करना पड़ेगा।'' राय जी बोले।

''आप ठीक कह रहे हैं।'' मुखिया जी बोले।

इसी तरह बात करते हुए दोनों चलते रहे।

2

अध्याय- 2

एक महीने बाद जब मंत्री जी आए तो इन्होंने अपनी बात उनके सामने रखा।

मंत्री जी बोले "यह कोई बड़ी बात नहीं है और कोई बहुत बड़ी चीज नहीं है। और कैसा चल रहा है। भई तुम को इस बार बाए पोल में चुनाव जीतना है। इसकी तैयारी चल रही है?"

"जी हम ये चुनाव जीत कर रहेंगे।"

"ये हुई न मर्दों वाली बात।" मंत्री जी खुश होकर बोलो।

इतने में साध्वी जी मिलने आ गईं।

मंत्री जी उन्हें देख कर बोले "आइए। कैसी है आप?"

"सब प्रभू की कृपा है।"

"और एलेक्शन की तैयारी चल रही है?"

"हमारी जीत तय है। हमारा हिन्दू जागरण मंच समाज में अलख जगा रहा है।" साध्वी जी बोली।

"बहुत बढ़िया। मुसलमानों पर बिल्कुल भरोसा नहीं करना।" मंत्री जी बोले।

"इन कटुआ लोगों के पास है ही क्या। इनकी औकात ही क्या है।"

"ठीक कहतीं हैं आप। आप ही जैसे लोगों के कारण ही हमारी भव्य परम्परा जीवित है।" मंत्री जी बोले।

साध्वी खुश हो गई।

इतने में मुखिया जी और सरपंच जी जाने लगे तो मंत्री जी बोले "आपका काम समझिए हो गया।"

वो दोनों चले गए।

मंत्री जी साध्वी जी से बात करते रहे।

खैर जब कलेक्टर साहब मंत्री जी से मिलने आए तो मंत्री जी ने कलेक्टर साहब से बहुत सारी बातों की जानकारी लिया और बहुत सारी बातों के बारे में उनसे विचार विमर्श किया। फिर बोले "कलेक्टर साहब आप हमारे आदमी का ख्याल नहीं रखते हैं।"

कलेक्टर साहब चुप रहे।

मंत्री जी ने कहा "मुखिया जी आप से कुछ आग्रह करने आए थे।"

"जी हां पर ऐसा आदेश देना सरासर गलत होगा।"

"आप भी कैसी बात करते हैं। आप सरकार के हिस्सा हैं और सरकार के लिए गलत सही क्या है। ऐसा सोचते रहे तब तो चला लिए राज काज। इनका काम कर दीजिएगा।" मंत्री जी बोले।

कलेक्टर साहब को मंत्री जी की बात पसंद नहीं आई। उन्होंने मन ही मन सोचा कि अगर मैं ने ऐसा नहीं किया तो फिर कोई दूसरा जो मेरी जगह आएगा, कर देगा। बोले "ठीक है उनका काम कर दूंगा।"

अगले जनता दरबार में मुखिया जी और राय जी अपना दरखास्त लेकर पहुंचे तो कलेक्टर साहब ने रेखा सादा के नाम से आर्डर निकाल दिया।

दोनों खुशी से झूमते बाहर निकले "आज अगर आर्डर नहीं निकालता तो इसका बोरिया बिस्तर को बंधवा देता। पानी में रह कर मगरमछ से बैर कैसे करेगा।"

3

अध्याय- 3

कलेक्टर ऑफिस से पाँचवें दिन सादा के घर रेखा के नाम पत्र आया। रेखा ने पत्र लिया। घर के सारे लोग उत्सुक थे ये जानने के लिए कि आखिर ये पत्र क्यों आया। रेखा भी कुछ सोच नहीं पा रही थी। उसने कभी किसी बात के लिए कोई पत्र किसी को नहीं लिखा था। वो अपने जीवन में और अपने परिवार में बेहद खुश थी। उसकी सास बोली '' बेटे खोल कर देखो तो सही क्या लिखा है।"

रेखा ने पत्र खोला। लिखा था...

श्रीमति रेखा सादा

आप को ये आदेश दिया जाता है कि आप लाल रंग की साड़ी पहन कर अपने घर के बाहर नहीं निकलेंगी।

यदि आप इस आदेश के पश्चात ऐसा करेंगी तो आपके खिलाफ शांति भंग करने की धारा के तहत कानूनी कार्रवाई की जाएगी।

आदेश कलेक्टर

साथ ही इस पत्र की कापी एसडीओ और बिडीयो को भी दी गई थी।

ये सुनकर रेखा का पति राकेश गुस्सा हो गए '' कमाल का तुगलकी फरमान है। ये न खाओ। ये न पहनो। ऐसा मत बोलो। ये प्रजातंत्र न हुआ तुगलकशाही हो गया। सेवक मालिक पर हुकूमत चलाने लगे है। मैं जनता दरबार में इस आदेश को लेकर जाऊंगा और इस आदेश को दिखाकर पूछूंगा। क्या हम गुलाम हैं?"

राकेश के पिता दिलीप सादा बोले '' इसे जनता दरबार में जरूर ले जाना। हमारा देश कैसा होता जा रहा है।''

इस प्रकार सादा परिवार ने एकमत से फैसला किया कि राकेश ये पत्र लेकर जनता दरबार में जाएगा।

4

अध्याय- 4

रेखा और राकेश कालेज में साथ साथ पढ़ते थे। राकेश कद काठी में अच्छा था, साथ ही पढ़ाई में भी अव्वल था।

रेखा बेहद सुन्दर और चंचल स्वभाव की थी। उसका सुन्दर नैन नक्श कालेज में चर्चा का विषय था। रेखा वाद विवाद प्रतियोगिता में हमेशा अव्वल आती थी।

राकेश अपने मां बाप का इकलौता संतान था। उसके पिता स्कूल टीचर थे। उनकी खेती की कुछ पुश्तैनी जमीन थी, जिस से उन्हें साल भर का अनाज मिल जाता था। कुल मिलाकर उनका परिवार एक खुशहाल परिवार था।

रेखा के पिता भी स्कूल मास्टर थे। रेखा अपने परिवार की सब से छोटी संतान थी। रेखा का एक बड़ा भाई और एक बड़ी बहन थी। रेखा के बड़ी बहन की शादी भी, एक स्कूल टीचर से हुई थी। रेखा का भाई बैंक में क्लर्क था।

रेखा और राकेश का परिवार एक दूसरे को जानते थे। इन दोनों की शादी को लव मैरेज या अरेंज्ड मैरेज कुछ भी कहा जा सकता है। क्योंकि कालेज के दिनों से ही ये दोनों एक दूसरे को चाहते थे। अकसर कालेज का खाली समय ये दोनों एक दूसरे के साथ ही गुजारते थे।

पढ़ाई पूरी होने के बाद राकेश ने अपने पिता से रेखा से उसकी विवाह की बात चलाने को कहा।

राकेश के पिता ने अपनी पत्नी को आवाज दिया ''अजी सुनती हो। जल्दी इधर आओ।''

राकेश की मां बोलती हुई आई ''क्या हो गया।''

राकेश वहां से चला गया।

राकेश के पिता हंसते हुए बोले '' तुम्हारा बेटा जवान हो गया है। उसे इश्क भी हो गया है।''

''क्या कह रहे हो। साफ साफ तो कहो।''

''वही तो बता रहा हूं।'' राकेश के पिता बोले '' हमारे बेटा को दिनेश जी की बेटी से इश्क हो गया है। वो उससे शादी करना चाह रहा है। हमें दिनेश जी के घर जाना होगा।''

राकेश की मां बोली ''उनकी बेटी रेखा बड़ी सुन्दर है। दोनों साथ ही पढ़ते थे। ठीक है उनसे बात कर लो। फिर हम चलते हैं। रेखा अच्छी लड़की है।''

''ठीक है।''

और इस तरह उनकी शादी हो गई।

5

अध्याय- 5

रेखा को पत्र मिलने के बाद राकेश उस पत्र को ले कर कलेक्टर के जनता दरबार पहुंच गया।

वहां बहुत सारे लोग थे। एक आदमी टेबुल कुर्सी लगाए बैठा था जो सब का नाम लिख रहा था। राकेश ने भी अपन नाम लिखा दिया और इंतज़ार करने वालों के साथ नम्बर आने का इंतज़ार करने लगा।

लगभग दो घंटे के बाद उसका नम्बर आया। अन्दर कलेक्टर साहब बैठे थे । उनके पास एक तरफ उनका पीए बैठा था। दूसरी तरफ दो पत्रकार बैठा था। दो पुलिस वाले स्टेनगन लिए दरवाजा के अन्दर खडा. था। दरवाजा के बाहर दो आदमी अन्दर जाने वाले को मशीन और अपने हाथों से चेक करता था। अन्दर कलक्टर साहब के पीछे दो आदमी स्टेनगन लिए खड़ा था।

राकेश ने मन ही मन में सोचा कि जनता के सेवक के क्या ठाठ हैं। बड़ी बड़ी बातें बस कहने की हैं। बाकी तो बस ठाठ बाट है।

राकेश ने कलेक्टर साहब को नमस्ते किया। उन्होंने सर हिलाने तक में अपनी बेइज्जती समझा। राज काज चलाने का ढंग अलग ही होता है।

राकेश ने अपना दरखास्त कलेक्टर साहब को दिया। पढ़ते ही उनका चेहरा तमतमा गया।

पूछा "क्या नाम है तुम्हारा?"

"जी राकेश।"

"कितना पढ़े लिखो हो?"

"जी एमए मेथमेटिक्स से हूं।"

"किस डिवीजन से पास किया है?"

"जी गोल्ड मेडिलिस्ट हूं।"

"अच्छा तो क्या करते हो?"

"जी स्कूल टीचर हूं।"

"किस स्कूल में?"

"जी पिपरा बाजार के हाए स्कूल में।"

"और तुम्हारा घर कहां है?"

"जी पिपरा बाजार में घर है।"

"तो तुम समझते हो कि मेरा आदेश गलत है?"

राकेश चुप रहा।

कलेक्टर साहब गुस्सा में तिलमिला कर बोले "जवाब दो। तुम्हें मेरा आदेश गलत लगता है?"

" जी गलत ही नहीं असंवैधानिक है।"

कलेक्टर साहब आगबगूला हो गए। उन्हें लगा कि ये दो कौड़ी का मास्टर मुझे संविधान समझा रहा है। उन्होंने अपने पीए से कहा" इसे अभी इसी पल से सस्पेंड कर दीजिए। इसके सस्पेन्शन की कापी डिस्ट्रिक्ट शिक्षा अफसर और इसके प्रिंसिपल को भेजिए।"

इतना कहकर उन्होंने घंटी बजाया।

बाहर गेट पर खड़ा दोनों सिपाही अन्दर आया जिसे कलेक्टर साहब ने राकेश को बाहर ले जाने का आदेश दिया।

उन दोनों ने राकेश को पकड़ कर बाहर कर दिया।

6

अध्याय- 6

मुबारक खान एक सीधा साधा किसान था। उसकी शादी को लगभग चार साल हुए थे। उसका एक दो साल का बेटा था। उसके ससुराल वालों ने उसे घर के लिए एक गाय ले जाने को बुलाया था।

वो ससुराल से गाय लेकर अपने घर जा रहा था कि अचानक गौ रक्षकों ने ठीक पुलिस चौकी के सामने उसे रोक लिये।

''तू ये गाय लेकर कहां जा रहा है? '' गौ रक्षकों ने पूछा।

''जी मैं इसे अपने अपने घर ले जा रहा हूं| ''मुबारक खान बोला।

पुलिस ये सब देख रही थी।

''इसे तू ने कहां से लिया?''

''जी मैं इसे अपने ससुराल से लेकर आ रहा हूं।''

''तेरा ससुराल कहां है?''

मुबारक खान ने अपने ससुराल के जगह का नाम बताया।

पुलिस ये सब देख सुन रही थी।

''तू इसे किलसिए ले जा रहा है?''

''जी घर पर दूध के लिए ले जा रहा हूं।' 'मुबारक खान ने जवाब दिया।

''तेरे पास इसे ले जाने का कागज है?''

''जी हां।''मुबारक खान ने कहा।

''अच्छा तो फिर कागज दिखा।''

मुबारक खान ने कागज दिखाया।

पुलिस वहां खड़ी सब देख रही थी।

उसका कागज देखते ही एक बोला "अबे साले तो तू कटुआ है। और हमें बेवकूफ बना रहा है।"

इतना कहना था कि एक गौ रक्षक ने उसे झापड़ लगा दिया।

"आप ठीक नहीं कर रहे हैं।" मुबारक खान का इतना बोलना था कि गौ रक्षक उसे मारने लगे।

पुलिस ये सब देख रही थी।

लोगों की भीड़ जमा हो गई।

गौ रक्षक उसे बिला वजह बेरहमी से मारने लगे।

किसी ने रोका नहीं। सब मौन दर्शक बने खड़े थे।

एक कोई टीवी वाला यह सब शूट करने लगा।

पुलिस भीड़ में गुम हो गई।

गौ रक्षकों ने उसे जी भरकर मारा। जब उनका जी भर गया तो उन्होंने मुबारक खान को वहां छोड़ दिया और वहां से गाय ले कर चले गए।

कुछ देर में एम्बुलेंस आई। पुलिस वाले बड़ी तत्परता से उसे हास्पिटल ले गए। जहां डाक्टरों ने उसे डेड घोषित कर दिया।

यह बात जंगल की आग की तरह फैल गई। किसी ने इसे शोसल मीडिया पर डाल दिया। मुबारक खान के घर वाले और उनके साथ आई भीड़ को देख कर पुलिस ने अज्ञात आदमीयों के नाम रिपोर्ट लिख लिया और मुबारक खान के लोगों को आश्वासन दिया कि बहुत ही जल्द गुनहगार सलाखों के पीछे होगा। जबकि पुलिस गुनहगारों को अच्छी तरह पहचानती थी।

7

अध्याय- 7

शांति देवी लगभग 28 साल की गोरी चिट्टी सुन्दर महिला है। वो हमेशा गेरवा वस्त्र पहनती हैं। वे काफी सलीके से रहती हैं. जब वो धार्मिक प्रवचन देती हैं तो सुनने वाले मंत्र मुग्ध हो जाते हैं। वो भी राय जी के सामाजिक संस्थान से जुड़ी हैं। उनकी महिलाओं में बहुत पकड़ है। पर वो हमेशा अपने विवादित ब्यानों से चर्चा में रहती है। वे हमेशा मुसलमानों को कटुआ कह कर संबोधित करती हैं। वे अपने भड़काओ ब्यानों के लिए जानी जाती हैं। इसी कारण उस विचारधारा से जुड़े बड़े बड़े. नेताओं के बीच उनकी बड़ी इज्जत है।

अभी हाल ही में एक मुसलमान जो पालने के लिए एक गाय ले जा रहा था उसको अचानक गौ रक्षकों की भीड़ ने ठीक पुलिस थाने के सामने पकड़ लिया। उसने सारे कागजात दिखाए और बताया कि वो गाय अपने घर बच्चों के दूध के लिए ले जा रहा है, पर उन लोगों ने पुलिस के सामने उसकी पीट पीट कर हत्या कर दी। पुलिस चुप चाप खड़ी देखती रही।

जब ये सब कुछ हो रहा था तब किसी ने मोबाइल से विडियो बना कर शोसल मीडिया पर डाल दिया। टीवी में ये खबर दिखाया नहीं गया जब कि टीवी वाले इसको शूट कर रहे थे। लोकल और अन्य पेपर ने इस समाचार को बीच के पन्ने में छोटे से कालम में छाप दिया माने दिन दहाड़े पुलिस थाने के सामने पुलिस की मौजूदगी में पीट पीट कर हत्या कर दिया जाना कोई खास बात नहीं हो।

जब से एक खास सामाजिक संस्थान से जुड़े लोगों की सरकार आई है, कुछ खास धर्म और कुछ खास जाति के लोगों के साथ ये सब आम बात हो गई है। टीवी वाले इसे समाचार नहीं समझते और प्रिंट मीडिया के लिए ये सब बीच के पन्ने को भरने का एक साधन मात्र बन गया है। गीता के समय चक्र को ये भूल गए हैं। ये तो सतत चलने वाली घड़ी है। किसी का कब कुछ भी सदा रहा है।

खैर बाद में जब शोसल मीडिया पर हल्ला मचा तो सरकार ने लीपा पोती करने के लिए पुलिस को जल्द कार्रवाई के लिए कहा। पुलिस ने चार लोगों को गिरफ्तार कर लिया। उनसे मिलने शांति देवी थाने पहुंची तो सारे थाने वाले उनके सामने हाथ जोड़ कर खड़े हो गए। उनको बड़े आदर भाव से उन गिरफ्तार लोगों के पास ले गए। सभी उनसे नतमस्तक हो कर मिले। शांति देवी ने उन्हें सांत्वना देते हुए कहा " घबराओ नहीं। हम सब तुम्हारे साथ हैं। तुम हमारे हिंदू समाज के लिए एक मिसाल हो। तुम हमारे हिंदू समाज के भगत सिंह हो।"

इस तरह जब वे उनका मनोबल बढ़ा कर बाहर आईं तो पत्रकारों ने पूछा "आपको नहीं लगता कि उन्होंने गलत किया।"

"गलती इंसान से होती है। हो सकता है यहां यह गलती पुलिस से हो गई हो। उन्होंने अपनी शाख बचाने के लिए किसी गलत इंसान को पकड़ लिया हो। आज वे हमारे हिन्दू सनातन धर्म के लिए बिला वजह फंसाए गए हों। आप लोगों को सीमा पर जान गंवाते फौजी नजर नहीं आते हैं। एक कटुआ के लिए सहानुभूति फूट रही है। जब वे भारत माता की जय नहीं बोलते तब आपको दुख नहीं होता।"

"लेकिन ये एक निहत्थे इंसान की हत्या की बात है।"

" तुम तुष्टीकरण की राजनीति में विश्वास रखने वाले हिन्दू अस्मिता को क्या समझोगे। जब ये कटुआ कुत्ते के पिल्ले वंदेमातरम गाने में बेइज्जती महसूस करते हैं तब तुम पत्रकार कहां रहते हो। कश्मीरी पंडित अपने देश में रिफ्यूजी है। तुम्हारा खून नहीं खौलता। जब पाकिस्तान हमारे देश में आतंकी भेजता है, हम बेकसूर हिन्दुओं की हत्या करवाता है, हमारी माँओं की गोद सूनी कराता है, हमारी बहनों की सिंदूर उजाड़ता है, हमारे बच्चों को अनाथ करता है तब तुम लोगों की

जबान नहीं खुलती है।"

"लेकिन ये तो निहत्थे इंसान की हत्या की बात है।"

"तुम पत्रकार लोग हमारे हिन्दू सनातन धर्म पर हो रहे अत्याचार को नहीं समझ सकते। हम हिन्दू अपने ही देश में सौतेला व्यवहार के शिकार हैं।"

तभी एक पत्रकार ने आग्रह किया "क्या आप वंदेमातरम गा कर सुना सकती हैं।"

"तो तुम हमारा इम्तहान लेना चाहते हो। हमारे आश्रम में आओ सुना देंगे।"

"अभी सुना दीजिए।"

"अभी मेरा मूड नहीं है। रास्ता छोड़ो जाने दो।"

इतना कहते ही उनके चेले चाटी ने पत्रकारों का धक्का दे कर दूर हटाया और शांति देवी जी अपने कार में बैठ कर चली गई।

राय जी और सिंह जी के पार्टी का हंगामा

शांति देवी के थाने में बन्द गौ रक्षकों से मिलकर जाने के बाद दूसरे दिन सिंह जी और राय जी ने भीड़ लेकर पुलिस चौकी पर हंगामा खड़ा कर दिया।

भीड़ नारे बाजी करने लगी "पुलिस मुरदा बाद। मुरदा बाद।", "निकम्मी पुलिस बे गुनाहों को छोड़ो।" "पुलिस हाय हाय।"

तभी सब पत्रकार पहुंच गए। सिंह जी ने कहा "जब तक पुलिस मुबारक खान के कत्ल में गिरफ्तार बेकसूर गौ रक्षक को नहीं छोड़ेगी, हम पुलिस चौकी को घेरे रहेंगे। उस बेकसूर मुबारक खान के परिवार के साथ हमारी समवेदना है। भगवान मुबारक खान की आत्मा को शांति दे। उसके परिवार को शक्ति दे। हमारी पुलिस कितनी निकम्मी है इसका जीता जागता उदाहरण है सादा परिवार। ये निकम्मी पुलिस चुप चाप हाथ पर हाथ धरे बैठी है। सोचिए उस परिवार पर क्या बीत रही होगी जिसकी बहु आज हफ्ते भर से गायब है। हम जब तक बे गुनाहों को आजाद नहीं कराएंगे यहां से हिलेंगे नहीं। चाहें इसमें हमारी जान चली जाए।"

वैसे सब लोगों को पता था और पुलिस को भी मालूम था कि गौ रक्षक के नाम पर बन्द सारे के सारे इन्हीं के गुण्डे है और इन्होंने ही मुबारक खान का कत्ल किया है पर सब जानकर भी अंजान बने हुए थे। ये इस खास सामाजिक संगठन की पार्टी की सरकार बनने के बाद आम बात हो गई है। समाज का जमीर मर गया है। ये जानते हुए भी कि मुर्दा जमीर वाले चापलूसी की रोटी खाने वाले अपने आने वाली पीढ़ी का भविष्य बर्बाद कर रहे हैं। वैसे भी मुर्दों को किसी बात की क्या चिंता होगी भला।

वैसे भी सभी लोग जानते है थोड़ा हल्ला गुल्ला कर ये लोग इन गुनहगारों को छुड़ा कर ले जाएंगे। यही कुछ तो हो रहा है। मुन्ना जवान भी तो हो गया और कपटी चालाक भी।

आखिरकार सिंह जी ने उन लोगों को छुड़ा लिया। मुबारक खान का कातिल आजाद हो गया था और मुबारक खान एक खास समुदाय का होने की सजा पा कर सरकारी फाइल में बन्द हो गया था।

मुबारक खान का परिवार इस आस में जीता रहेगा कि सरकार सब का साथ सब का विकास के नाते मुबारक खान के साथ न्याय करेगा ही।

8

अध्याय- 8

राकेश थका हारा जनता दरबार से अपने घर पहुंचा। वो सोच नहीं पा रहा था कि कलेक्टर ने ऐसा बर्ताव क्यों किया। वो उसके इस बात पर क्यों इतना नाराज हो गया। क्या उसे नहीं लगता कि उसने जो आर्डर निकाला है वो असंवैधानिक है। आखिर ये कैसी सरकार है?

कहीं दूसरे धर्म के लोगों के घर में घुस कर गौ मांस होने के शक पर उन्हें पीट पीट कर मार देते हैं। पुलिस उदासीन रहती है। राजनीतिक पार्टी अपनी रोटियां सेंकने लगते हैं और ये सब एक सुनियोजित प्रोग्राम के तहत होता लगता है। सच्चाई तो बस भगवान ही जानता होगा। पर दिखता और लगता कुछ ऐसा ही है।

सरकार छोटे बुचरखाने को बन्द कर देती है ये कह कर कि साफ सफाई सही नहीं है। जबकि सारे बूचरखाने सरकार से लाइसेंस ले कर चल रहे थे। लोग कानून का दरवाजा खटखटाते हैं तो सरकार कहती हम बहुत जल्द सभी बूचरखाने को ठीक कर के खोल देंगे।

और एक साल होने को है सरकार ने कुछ नहीं किया। उन बूचरखानों में के मालिक और उसमें काम करने वालों के बच्चों की पढ़ाई छूट गई। वे सभी एक वक्त का खाना खाते हैं। क्या वे इस देश के नागरिक नहीं हैं?

कुछ दिन पहले पिपरा के बगल के शहर में ऊंची जाति के लोगों ने तीन आदमी को बड़ी बेरहमी से पेड़ से बांध कर मारा था। इतना ही नहीं छोटी जाति के लोगों के मोहल्ले में पुलिस की मौजूदगी में तोड़ फोड़

किया। घरों में आग लगा दिया। औरतों के साथ बुरा ब्यबहार किया। पुलिस आराम से ये नज़ारा देखती रही। फिर उन लोगों को वहां से भगा दिया और जब मीडिया में बात फैली तो पुलिस के आला अधिकारी ने ब्यान दिया कि हमने जांच के आदेश दे दिए हैं और गुनहगारों को नहीं बख़्शेंगे।

और बात खत्म हो गई। किसी ने इस बात पर गौर नहीं किया कि आखिर उन तीन लोगों का कसूर क्या था? वे तो बरसों से मरे हुए जानवर का खाल निकाल कर बेचते आए हैं। उस दिन भी वे मरी हुई गाय का खाल ही तो निकाल रहे थे। जब उन्हें पेड़ से बांध कर इतनी बेरहमी से पीटा कि वे महीनों अस्पताल में पड़े रहे।

और उनका घर जला दिया गया। उनकी औरतों के साथ बुरा किया गया तो वे सब संगठित हो कर ऊंची जाति वालों पर टूट पड़े। उनके घरों को गाड़ी को आग के हवाले कर दिया। कुछ एक को गोली मर दिया।

इस बार पुलिस और सरकार मुस्तैदी दिखाते हुए छोटी जाति के लोगों को पकड़ कर जेल में डाल दिया। पर पिछली घटना की इंक्वाएरी चलती रही। यही नहीं हाल में ही एक कोई खान अपने बच्चों के दूध के लिए गाय ले जा रहा था।

यही सब सोचते। गुस्से से भरा राकेश अपने घर पहुंचा। रेखा उसका शक्ल देखते ही सब कुछ भांप गई। बोली " आप बहुत थक गए हैं। मैं खाना लगाती हूं। आप नहा धो कर जल्दी आइए फिर आज क्या हुआ बताइएगा।"

राकेश कुछ नहीं बोला चुपचाप जाकर सोफे पर बैठ गया। रेखा पानी का गिलास लेने चली गई। राकेश के मां बाप भी उसके पास आ गए। रेखा ने पानी का गिलास सामने रख दिया। राकेश के मां बाप बोले "थक गया है। नहा कर खाना खा लो फिर बात करते हैं। क्या हुआ?"

राकेश पानी पी कर नहाने चला गया। रेखा खाना टेबुल पर रखने लगी।

राकेश नहा कर खाना खाने बैठ गया।

खाना खाने के बाद राकेश ने कलेक्टर के जनता दरबार में जो कुछ हुआ बताया। उसने कोर्ट जाने की बात कही। उसके पिता बोले " मैं ज़िला

के शिक्षक संघ से बात करता हूं। कलेक्टर के ऑफिस के सामने धरना प्रदर्शन कराता हूं।''

रेखा बोली 'कोर्ट में जरूर जाइए।''

इसी तरह बातों से सब ने राकेश का टेन्शन कम कर दिया। सुखी परिवार की यही खूबी होती हैं।

दूसरे दिन जब राकेश जब अपने स्कूल पहुंचा तो प्रिंस्पिल ने उसे सस्पेन्शन लेटर इशू कर दिया। फिर उस से कारण पूछा। जब राकेश ने उसे सब बात बताया तो वे बोले ''तुम कोर्ट जाओ। हम लोग इस के विरोध में जिला शिक्षा अधिकारी को कल नोटिस देने जा रहे हैं।''

राकेश वहां से सीधा कोर्ट जाकर वकीलों से मिला। सब ने सलाह दिया ''ये कलेक्टर का मामला है, कोई कुछ करेगा नहीं। तुम सीधे हाएकोर्ट में अपना केस डालो। तुम्हारे फेवर में जजमेंट आएगा। अभी देश में कानून जिन्दा है।''

राकेश रात को हाएकोर्ट के लिए निकल गया।

9

अध्याय- 9

दूसरे दिन शिक्षक संघ ने ज़िला शिक्षा अधिकारी को मास सीएल और कलेक्टर ऑफिस के सामने तीन दिन तक धरना देने, फिर बेमयादी हड़ताल पर जाने का नोटिस दे दिया।

ज़िला शिक्षा अधिकारी ने कलेक्टर साहब से मिलकर शिक्षक संघ के बारे बताया। कलेक्टर साहब बोले ''करने दीजिए धरना वरना।''

नोटिस देने के दूसरे दिन से सारे शिक्षक कलेक्टर ऑफिस के सामने धरना पर बैठ गए।

राकेश हाय कोर्ट में दायर करने के सिलसिला में बाहर था। राकेश के पिता धरना पर थे। घर पर सास बहू भर था।

10
अध्याय- 10

शाम को सास बहू सब्जी लेने बाजार गए। सास् एक दुकान पर थी, बहू उस दुकान से दो दुकान आगे, सब्जी देख रही थी तभी एक बिना नम्बर की मारूती वैन रेखा के पास रुकी और उसमें बैठे लोगों ने रेखा को गाड़ी के अन्दर खींच लिया, गाड़ी तेजी से रेखा को लेकर गाड़ी निकल गई।

सब के सामने वैन में रेखा को खींच कर बैठा लिया और भाग गए। सारे लोग स्तब्ध थे। रेखा की सास चिल्ला रही थी, कोई तो उसे पकड़ो। जब तका कोई कुछ समझता, गाड़ी कहां से कहां निकल गई, कुछ पता नहीं। रेखा की सास रोने लगी। लोगों से ढाढस बंधाया। रेखा के पति, उसके ससुर, मां, बाप, भाई, सब को खबर किया। देखते ही देखते, बात शहर में आग की तरह फैल गई।

रेखा की सास के साथ कुछ लोग गए और थाने में रपट लिखाया।

थानेदार बोला "रेखा की कोई तस्वीर दीजिए।"

रेखा की कोई फोटो उस समय उसके सास के पास नहीं थी।

थानेदार बोला,"बिना तस्वीर के ढूंढना मुश्किल होगा। अभी अगर फोटो नहीं है, तो फोटो दे दीजिएगा।"

रेखा की सास बोली "हम घर से मंगा कर दे देंगे।"

"ठीक है। गाड़ी का नम्बर मालूम है?" थानेदार ने पूछा।

"नहीं, गाड़ी का नम्बर नहीं देखा।" रेखा की सास बोली।

तभी भीड़ से कोई बोला "साहब गाड़ी बिना नम्बर की थी।"

"तुम्हें कैसे मालूम?" थानेदार ने पूछा।

"साहब मैं ने देखा, गाड़ी में पीछे कोई नम्बर नहीं लिखा था।" वही शख्स बोला।

"उस समय रेखा किस रंग की साड़ी पहने थी?" थानेदार ने पूछा।

"पीले रंग की जिसपर लाल रंग के छोटे छोटे फूल थे।" रेखा की सास बोली।

"उसकी उम्र कितनी है?" थानेदार ने पूछा।

"चौबीस साल।" रेखा की सास बोली।

"उसका रंग कैसा है?" थानेदार ने पूछा।

"गोरा।" रेखा की सास बोली।

"किसी पर आपको शक है?" थानेदार ने पूछा।

"जी नहीं।" रेखा की सास बोली।

"रेखा के दोस्तों के बारे में बताइए।"

रेखा की सास ने उसके सहेलियों का नाम बताया। जिसे वो जानती थी।

"आपके घर में कितने लोग हैं?"

"हम चार लोग हैं। मैं, मेरा पति, मेरा बेटा और मेरी बहू।"

"आपका बेटा क्या करता है?"

"जी वो, यहीं सरकारी स्कूल में टीचर है।"

"उसका कौन कौन दोस्त आपके घर आता जाता है। क्या आप उनका नाम जानती हैं?"

रेखा की सास ने उनके नाम लिखा दिए।

"आपके पति क्या करते हैं?"

"वो रिटायर्ड हो गए हैं।"

"ठीक है। आप जल्दी से फोटो दीजिए। हम जल्द से जल्द ढूंढ निकालेंगे।" थानेदार बोला।

11

अध्याय- 11

पुलिस बड़ी तत्परता से रेखा के खोज में जुट गई ।

पुलिस रेखा की सहेली से रेखा के चाल चलन की जानकारी लेती रही।

क्या रेखा ने उनहें कभी किसी के बारे में कुछ कहा था।

रेखा का अपने पति से कैसा सम्बन्ध था।

सब ने यही कहा कि वे एक दूसरे पर जान छिड़कते थे। दोनो कालेज के दिनों से ही एक दुसरे को चाहते थे। रेखा बेहद खुशमिज़ाज़ ज़िदादिल इंसान थी।

पुलिस इसी लाएन पर राकेश के दोस्तों से पूछताछ करती रही।

आप राकेश को कब से जानते हो।

उसका अपनी पत्नी से कैसा रिशता था।

जब पुलिस को लगा कि सारे लोग बचपन के दोस्त हैं तो पुलिस ने राकेश से पूछताछ किया और पुल्सि के उस खोजबीन में लगभग आठ दिन लग गए।

नौवें दिन राय जी ने पुलिस के खिलाफ मोरचा निकाला।

दसवें दिन रेखा बेहोशी के हालत में अपने घर के बाउंड्री मे मिली।

12

अध्याय- 12

रेखा के गायब होने के नवें दिन राय जी ने एक बहुत बड़ा जुलूस निकाला। जिस में पुलिस के निकम्मापन पर खूब पुरजोर ढंग से शोर किया गया। यहां तक के राय जी ने अपने गुण्डों को जबरदस्ती थाने से निकलवा लिया। ये सब इस सरकार के बनने के बाद आम बात है। थाने में घुस कर अपने आदमी को छुड़ा लेना और अपने सरकार के निष्पक्ष होने की दुहाई देना।

राय जी ने साध्वी के साथ मिलकर अपने लोगों को छुड़ाया साथ ही रेखा सादा के नहीं ढूंढ पाने पर भी पुलिस के निठल्लापन पर उसे खूब कोसा। लोगों के मन में अपने लिए सहानुभूति भी पैदा किया। लोग राय जी के इस काम की खूब सराहना करने लगे।

दसवें दिन सुबह सुबह रेखा अपने घर के बाहर बेहोश हालत में पड़ी हुई थी। उसके कपड़े जगह जगह से फटे थे। जिस्म पर चेहरा पर खरोंच के निशान थे। उसके होंठ छाती जांघ पर दांत से काटने के बेशुमार निशान थे। उसे देखकर लगता था कि उसके साथ बहुत ही बुरा सलूक हुआ।

सादा के घर पर लोगों की भीड़ लग गई।

रेखा को बहुत कोशिश के बाद भी होश नहीं आ रहा था।

इस भीड़ को देख राय जी भी वहां पहुंच गए। रेखा को देख कर बोले "इसे फौरन अस्पताल ले जाइए। जिस किसी ने इसकी ऐसी हालत की

है, उसे सख्त से सख्त सजा मिलना चाहिए। हम अपनी तरफ से ऐसे दरिन्दे को सख्त से सख्त सजा दिलवा कर रहेंगे।"

रेखा को उसके घर वाले उठा कर अस्पताल ले गए।

13

अध्याय- 13

रेखा का अस्पताल में इलाज शुरु हुआ। डाक्टर भी बड़ी मुस्तैदी से इलाज में जुट गए क्योंकि पिछले दस दिनों से ये खबर रोज़ अखबार में आ रहा था और लोकल चैनल पर भी लगातार चल रहा था। इस जांच की सुस्ती को लेकर राय जी ने पुलिस चौकी के सामने प्रदर्शन भी किया था।

ये अलग बात है कि मुबारक खान की गौ रक्षकों ने जो हत्या की थी जिस सिलसिले में उनके लोग पुलिस हिरासत में थे जो उनकी नज़र में बेकसूर थे क्योंकि असली मुजरिम की जगह पुलिस ने उनके आदमियों को पकड़ रखा था। उसे राय जी ने साध्वी जी के साथ मिलकर जबरन रिहा करवा लिया था।

रेखा के इलाज के साथ हर प्रकार की जांच डाक्टरों ने किया।

ये बात साफ हो गई थी कि रेखा के साथ कई लोगों ने बार बार बलात्कार किया। उसे नशे का इंजेक्शन दिया जाता रहा और आखिरी दिन उसे नशे का इतना इंजेक्शन दिया गया जिसकी वजह से वो तीन दिन तक बेहोश रही। पाँचवें दिन वो बोलने लायक हुई।

होश में आते ही वो लगातार रोती रही। वो अपने को सहज नहीं बना पा रही थी। वो मानो अन्दर से टूट रही थी।

उधर रेखा के अस्पताल में पहुंचने की खबर सुनते ही पत्रकारों की भीड़ पहुंच गई।

"रेखा कैसी है? कहां थी?" पूछने लगे।

लोकल चैनल पर लगातार ये खबर चलने लगी।

अस्पताल वालों ने उन्हें बताया कि अभी वो बेहोश है। उसे इंजेक्सन दे दिया गया है। फिलहाल पानी चढ़ाया जा रहा है। उम्मीद है वो जल्दी होश में आ जाएगी तभी कुछ बताया जा सकता है।

पुलिस भी रेखा का ब्यान लेने पहुंची। उसे भी रेखा के होश में आने का इंतज़ार करना पड़ा।

रेखा के माता पिता और रिश्तेदार सब अस्पताल पहुंच गए। दिलीप सादा का पूरा परिवार पहले से ही वहां था।

रेखा जब भी होश में आती थी तो सब लोगों को देख कर उसके आंखों से आंसू बहने लगते थे और वो बेहोश हो जाती थी।

तीसरे दिन वो थोड़ी सम्हली पर वो कुछ बोल नहीं रही थी। होश आते ही वो बाथरूम जाकर नहाने लगती थी। उसे लगता के हजारों चींटियां उसके बदन पर रेंग रही हैं। उसे अपने बदन पर कुछ लिजलिजी सी गंदगी फैली हुई महसूस होती। वो बाथरूम जाकर नहाने लगती थी। डॉक्टर उसे नींद का इंजेक्शन दे कर सुला देते थे।

उसका पति जब भी उससे कुछ पूछता तो वो रोने लगती थी। लगता था मानो उसने जिंदगी से हार मान लिया हो। वो अन्दर से टूटती जा रही थी।

डाक्टर बहुत सम्हल कर उसे बहलाने की कोशिश कर रहे थे। उस पर किसी प्रकार का दबाव नहीं डालने दे रहे थे।

आखिर पांचवें दिन उस ने अपना ब्यान पुलिस को दिया। उसके ब्यान से सनसनी सी फैल गई।

उसने ब्यान दिया कि उसका अपहरण सरपंच ने अपने आदमियों से कराया। उसे गौ शाला से सटे कमरे में बंद रखा। उसे नशे का इंजेक्शन दिया और तीन दिनों मुखिया और सरपंच ने बार बार उसका इज्जत लूटा। चौथे दिन से उसके लोग उसकी इज्जत लूटने लगे। उसे ज्यादातर समय बेहोशी की हालत में रखा। आखिरी दिन उसे डबल डोज़ देकर रात को शायद किसी समय फेंक गए।

जब वो यह सब कह रही थी तो उसकी आंखों से लगातार आंसू बह रहे थे।

उसका ये ब्यान टीवी पर चलने लगा।

उधर रेखा के पति ने कलेक्टर के आदेश को भी टीवी वालों को दिखाया और अपनी जनता दरबार की आपबीती तथा कलेक्टर के ससपेंशन आर्डर को भी टीवी वालों को दिखाया।

घटना ने तूल पकड़ लिया।

14
अध्याय- 14

जिस दिन रेखा अपने घर के कम्पाउंड में मिली थी ठीक उसी दिन पार्टी ने पिपरा के विधायक पद के उपचुनाव के लिए राय जी को टिकट दे दिया। राय जी के लेगों ने और साध्वी जी के लोगों ने सारे इलाके में खुब जश्न मनाया।

राय जी ने अपना एलेक्शन का पर्चा भरा और ज़ोर शोर से अपने प्रचार में जुट गए।

उनकी पार्टी के बड़े बड़े नेता प्रचार के लिए आने लगे।

इसी बीच रेखा का ब्यान और दिलीप सादा के साथ कलेक्टर का मामला तूल पकड़ने लगा।

मंत्री जी फौरन हरकत में आए। उन्होंने पब्लिक मीटिंग में ब्यान दिया "हमारी सरकार गरीबों, अल्पसंख्यक और सभी जातियों का खास खयाल रखती है। हम हर हाल में संविधान की रक्षा करेंगे। मैं इसी मंच से ये एलान करता हूं कि दिलीप सादा का सस्पेंसन, आज ही वापिस होगा। और इस कलेक्टर को चौबीस घंटे में बदल दिया जाएगा। यहां मैं एक बात की और घोषणा करता हूं कि पुलिस एक महीने में रेखा सादा के अपहरण का जांच पूरा करेगी और यदि रेखा सादा की बात सही निकली तो गुनहगार को मैं अपने सामने हथकड़ी पहना कर थाना पहुंचाऊंगा। किसी महिला के साथ ज़्यादती बरदाश्त नहीं की जाएगी।"

मंत्री जी के इस ब्यान का लोगों ने भरपूर स्वागत किया।

दिलीप सादा का सस्पेंसन वापस किया गया। उसे सस्पेंसन के समय का भी पूरा पैसा दिलाया गया।

चौबीस घंटे को भीतर कलेक्टर ट्रांस्फर का कर दिया गया।

मंत्री जी ने शिक्षक संघ के लोगों को भविष्य में ऐसी बात नहीं होगी, इसका आसवासन दिलाया। साथ ही ये भी कहा. ''आप लोग एक बार ये बात मेरे कान में डालते तो इतना कुछ नहीं होता। सच्ची बात ये है कि आप लोग हमें अपना नहीं समझते है।''

मंत्री जी की इस बात से लोग बेहद खुश हो गए। हर तरफ उनकी जयजयकार गूंजने लगी।

उधर साध्वी अपने ढंग से प्रचार में लगी रही।

''हमें अपनी हिंदू अस्मिता की रक्षा करनी होगी। ये लड़ाई देशद्रोही और देश प्रेमी के बीच की लड़ाई है। हमारे मंत्री जी ने कितनी शीघ्रता से सारा काम किया। उस नालायक डीएम को चौबीस घंटे में उसे उसकी औकात दिखा दिया। आप राय जी को भाड़ी बहुमत से जिताऐं। अगर रेखा सादा का ब्यान सही निकला तो आप देखेंगे कि मंत्री जी कैसे राय जी जो को हथकड़ी पहना कर जेल की सलाखों के पीछे करते हैं।''

किसी पत्रकार ने पूछ लिया ''पर पहलू खान के केस का तो कुछ नहीं हुआ।''

साध्वी भड़क गई ''क्या जब देखो तब आप कटुआ की कहानी लेकर बैठ जाते हैं। बेहतर होगा कटुआ सब पाकिस्तान चला जाए। वो खाते हैं यहां का और गुण गाते हैं पाकिस्तान का।''

राय जी का प्रचार खूब ज़ोर शोर से चला।

कुल मिलाकर दस लोग एलेक्शन लड़ रहे थे।

मंत्री जी की वजह से लोग काफी खुश थे।

राय जी एलेक्शन जीत गए। दस में से सात लोगों का ज़मानत जब्त हो गया।

रिज़ल्ट के दूसरे दिन राय जी के जीत का जोरदार जशन निकला।

15

अध्याय- 15

अस्पताल से दसवें दिन रेखा को डिसचार्य कर दिया गया। रेखा के माता पिता उसे अपने साथ ले गए ये सोचकर कि जगह बदलने से शायद इस घटना को भूल जाए।

रेखा एक ज़िदा लाश की तरह थी। वो कुछ नही बोलती थी। उसकी आंखें बेजान सी थी। वो अपनी दुनिया में खोइ सी रहती थी। जहां बैठी रहती घंटों बैठी रहती। उसके घर वालौं के लाख कोशिस के बावजूद भी वो चुप गुमसुम रहती। रेखा का पति उस से मिलने के लिए रोज़ आता था। उसे देख कर रेखा रोने लगती थी। उसके आंसू थमने का नाम नही लेते थे।वो भी रेखा की ये हालत देख कर रोने लगता था।मन ही मन सोचता था कि वो क्या करे कि रेखा ठीक हो जाए।

इसके ब्यान के बाद भी पुलिस ने कोइ कारर्वाइ नही किया। पुलिस अपने ढंग से अनुसंधान में लगी हूइ थी।

दस दिन बाद रैखा के ससुराल वाले उसे अपने घर ले आए। यहां भी रेखा के हाल में कोइ सुधार नही हुआ। वो जैसी थी वैसी बनी रही।

पुलिस एलेक्शन में बीज़ी रहा। रेखा का पति जब भी पुलिस से जानकारी लेने जाता। पुलिस उसे डांट कर भगा देती। वो घर आता तो रेखा की हालत देख कर बरबस रोने लगता।

एक हंसते खेलते परिवार को एक शैतान ने उजार दिया था। और वही शैतान अब सफेद लबादा ओढ़े लोगों को बेवकूफ बना रहा था।

राकेश अपनी ज़िदंगी से निराश होने लगा था।कभी कभी उसे लगता था कि इस तंत्र के खिलाफ आवाज़ उठानी चाहिए। पर वो सोच नही पा रहा था कि वो क्या करे। रेखा का दर्द उसे देखा नही जा रहा था। कल तक च्हकती रहने वाली रेखा आज खामोश थी। उसे हर पल छेड़ने वाली रेखा आज उसे देख कर रोने लगती है। उसके समझ में कुछ नहीं आ रहा था। वो क्या कुछ ऐसा करे कि उसकी रेखा फिर से पहले जैसी हो जाए। पर बीतते समय के साथ रेखा शुन्य में खोती जा रही थी।

रेखा अपने कमरे में बैठी टीवी देख रही थी । उसने कमरा अंदर से बंद कर बंद कर रखा था । टीवी पर राय जी के जश्न को देख रही थी । घर वालों ने दरवाज़ा खटखटाया । वे चाह रहे थे के रेखा बाहर बैठ कर उनके साथ टीवी देखे । उन्होने दरवाजा खटखटाया । अंदर से टीवी की आवाज़ आ रही थी । उनके बहुत देर तक दरवाज़ा पीटने पर भी जब दरवाजा नहीं खुला । तब उन्हों ने दरवाजा तोड़ दिया । दरवाज़ा खुलते ही उनकी चीख निकल गयी । अंदर रेखा फांसी पर झूल रही थी। उसने आत्महत्या कर लिया था ।

16

लेखक परिचय

नेपाल से सटे जिला सुपौल बिहार का रहने वाला आइ एस एम धन्बाद से माइनिगं इंजीनयर नीटी मुंबई का एलमनी और ला कालेज बैतूल मध्य प्रदेश से एलएलबी का स्नातक़ कोल इंडिया से रिटायर जेनरल मैनेजर की नजर में जिंदगी एक खूबसूरत खुशनुमा रंगीन सफर है जो चाय या काफी के प्याले में चीनी की मात्रा जैसी हर किसी की अपनी पसंद पर मुनहसर।

आप हमसे मिल सकते हैं...

Facebook: http://facebook.com/profile.php?id=100009677413016

Twitter: http://twitter.com/mdtaslim5149

LinkedIn:http://www.linkedin.com/in/md-taslim-b0a89b3a

Blog: http://mdtaslimblog.wordpress.com

Website: mdtaslim.com

Spillwords: https://spillwords.com/author/mdtaslim1/

www.ingramcontent.com/pod-product-compliance
Lightning Source LLC
LaVergne TN
LVHW041545060526
838200LV00037B/1142
* 9 7 8 1 6 3 6 3 3 9 4 2 9 *